Mohamed BACHKAT

Juba III :
l'héritier du feu

Édition : BoD · Books on Demand,
31 avenue Saint-Rémy,
57600 Forbach, bod@bod.fr
Impression : Libri Plureos GmbH,
Friedensallee 273, 22763 Hamburg
(Allemagne)
ISBN : 978-2-3225-4221-5
Dépôt légal : Avril 2025

Chapitre I : Le Serment de Sophonisba

Les vents du destin soufflaient violemment sur les plaines de Zama, là où le sol encore tiède portait l'empreinte des éléphants de guerre et le sang des légions défaites. Hannibal, le stratège carthaginois autrefois invincible, avait été vaincu. Non pas par la force brute, mais par la ruse d'un ancien allié devenu rival : Massinissa.

Le roi numide, trahi, avait retourné son sabre contre Carthage. Désormais allié de Scipion l'Africain, il avait renversé Syphax, son rival, et conquis son royaume. Mais au cœur de cette victoire, un prix inestimable l'attendait :

Sophonisba.

Fille de noblesse carthaginoise, promise à Syphax par stratégie, elle était bien plus qu'un pion diplomatique. Belle, farouche, et intelligente, elle portait dans ses yeux l'éclat d'une civilisation sur le déclin. Massinissa l'aimait, et elle l'avait aimé en retour, autrefois, avant que la guerre ne les sépare.

Mais la guerre a ses lois. Et ses butins.

Scipion, général romain, vainqueur de Zama, réclamait Sophonisba comme trophée. Il voyait en elle une ennemie de Rome, une dangereuse politicienne, capable de rallumer les cendres de Carthage. Massinissa, humilié, n'eut d'autre choix que de feindre l'obéissance.

Mais il savait que jamais Sophonisba ne survivrait à l'humiliation d'un défilé triomphal à Rome, enchaînée comme une bête. Alors, dans le secret de la nuit, il lui fit porter une fiole. Le silence fut leur dernier échange. Au matin, elle était morte. Le roi numide pleura. Non pas comme un souverain, mais comme un homme à qui on venait d'arracher son monde. Il jura ce jour-là, sur la tombe encore tiède de Sophonisba, de ne jamais plus plier le genou. Et dans ses veines, le feu d'une dynastie allait naître.

Chapitre II : Le Lion et la Gazelle

Massinissa avait uni ce que l'on croyait inséparable — les tribus libres, fières et sauvages des montagnes, des oasis et des hauts plateaux. Il avait bâti une nation : la Numidie, libre, puissante, et respectée. À sa mort, il laissa à son fils Micipsa un royaume consolidé, une capitale florissante et une bibliothèque – trésor plus précieux encore que les butins de guerre. Dans ses murs, les manuscrits grecs, latins et puniques se côtoyaient. Micipsa croyait au savoir. Il croyait qu'un peuple éclairé ne pouvait jamais redevenir esclave. Ses deux fils légitimes, Adherbal et Hiempsal, étaient éduqués à la romaine. Ils parlaient le latin avec élégance, admiraient Cicéron, et croyaient à la paix par les traités. Mais dans l'ombre des cours royales, une autre figure grandissait : Jugurtha, le neveu bâtard, élevé comme un fils, mais fait de sable et de feu. Jugurtha, le lion. Il n'aimait ni Rome ni les bibliothèques. Il aimait la chasse, les joutes, les cavaliers hurlants à travers les steppes. Il méprisait les mots, les lettres et les lois. Il était la guerre dans un monde de diplomates. Mais dans le tumulte de cette époque, une seule créature pouvait l'apaiser : la gazelle. On ne connaissait pas son vrai nom. Certains disaient qu'elle venait du désert, fille d'un forgeron et d'une poétesse. D'autres affirmaient qu'elle était une ancienne prêtresse punique, échappée des ruines de Carthage. Ce que l'on savait, c'est qu'elle avait un regard capable de faire plier les tempêtes, et une voix qui parlait aux fauves.

Elle était fragile dans son corps, mais invincible dans son âme. Il l'aimait. D'un amour douloureux, presque animal. Elle seule osait l'affronter, le contredire, l'embrasser puis le gifler. Elle n'était pas soumise, elle était souveraine. Il l'appelait "ma gazelle", elle l'appelait "mon lion blessé".

Mais l'amour ne sauva rien. Jugurtha assassina Hiempsal. Il

fit traquer Adherbal jusqu'à ce que Rome s'en mêle. La guerre éclata. L'amour ne suffit plus. Un soir, la gazelle lui dit :
— Tu veux régner sur des ruines. Tu détruis ce que tu ne comprends pas. Tu es fort dans tes bras, mais faible dans ta paix. Tu gagneras peut-être, mais tu seras seul.
Il la serra contre lui, pour ne pas entendre.

Elle disparut peu après, certains disent qu'elle s'est jetée dans le puits de la cour royale, d'autres qu'elle s'est fondue dans le désert pour redevenir légende. Jugurtha régna un temps, mais perdit tout. Trahi à son tour, livré à Rome, il mourut étranglé dans le noir d'un cachot, le lion enchaîné, sans jamais revoir sa gazelle.

Chapitre III : Le Dernier Roi

Le nom de Jugurtha résonna longtemps dans les montagnes de Numidie comme un avertissement. Fort mais seul. Libre mais trahi. Sa chute ouvrit une brèche dans le destin royal. Rome ne pardonnait pas. Rome n'oubliait pas.

À sa suite, les rois furent choisis, tolérés, puis surveillés. Parmi eux naquit Juba Ier, fils d'un lignage déchu, élevé dans la peur du glaive romain, mais nourri du rêve de Massinissa et du feu de Jugurtha. Juba n'avait pas le luxe de l'innocence. Dès l'enfance, il apprit que les rois berbères ne vivent pas vieux. Son père l'avait averti avant de mourir empoisonné :

— Tu seras roi, oui. Mais roi sous les chaînes. Si tu veux vivre libre, tu devras désobéir.

Juba devint roi jeune. Il parlait grec, latin, punique. Il lisait Platon, mais il préférait les récits des cavaliers du sud. Il rêvait de redonner à la Numidie sa grandeur, son âme, sa force perdue.

Mais le monde avait changé. Rome était une bête blessée, tiraillée entre César et Pompée. Une guerre civile secouait l'empire, et Juba, roi numide, devait choisir son camp. Il choisit Pompée, l'ancien, l'aristocrate, l'ordre contre le chaos. Il paria sur la tradition.

Mais César, lui, était le futur. La guerre éclata. Les batailles furent confuses, les trahisons nombreuses. À Thapsus, la grande plaine fut noyée de sang. Les éléphants numides tombèrent les uns après les autres, percés de javelots. Les hommes de Juba moururent en silence, encerclés. Le roi comprit qu'il avait perdu. Il tenta de fuir. Il erra dans le désert, accompagné de son ami le plus fidèle, Petreius. Voyant que les Romains les traquaient, les deux hommes se battirent en duel… pour mourir avec honneur. Petreius tomba. Juba se donna ensuite la mort. La Numidie perdit alors son dernier roi né libre. Mais dans le secret d'un palais effacé par le sable, un enfant fut sauvé. Un fils caché. Un survivant. Les femmes du harem l'appelèrent Juba II.

Chapitre IV : L'enfant de Rome

Le désert s'était tu. Le dernier roi était tombé. Et avec lui, le vent de la grande Numidie semblait s'être éteint. Mais les Romains ne tuent jamais complètement un peuple — ils le collectionnent. L'enfant fut retrouvé parmi les ruines du palais royal. Trop jeune pour être dangereux, trop noble pour être ignoré. On le prit, non comme un esclave, mais comme un trophée vivant. Un symbole de conquête. On le nomma Juba, comme son père. Mais celui-là, on l'éleva à Rome. Dans les jardins de la capitale, entouré de marbre, de statues et de soldats, l'enfant grandit aux côtés d'Octave, futur Auguste. Il partageait ses cours, ses jeux, ses maîtres. Il lisait Homère et Virgile. Il parlait le latin mieux que le punique, et pourtant, dans ses rêves, le sable revenait.

Parfois, seul dans l'atrium, il fermait les yeux et entendait encore les sabots des chevaux, les chants de guerre des tribus, le souffle du lion — Jugurtha — et le silence de son père au moment de mourir. Il n'oubliait rien. Rome l'avait adopté, mais jamais il ne fut des leurs. Il souriait, il jouait, il écrivait même des livres, sur l'Afrique, sur l'histoire naturelle, sur l'astronomie. Mais dans ses veines coulait une mémoire de feu.

À l'âge adulte, Auguste, devenu empereur, lui offrit une récompense : un royaume. La Maurétanie.

Rome créait des rois comme on plante des drapeaux. Mais Juba II fut un roi étrange. Ni vassal, ni rebelle. Il construisit des villes magnifiques, comme Césarée, aux allures de Rome mais aux racines berbères. Il maria Cléopâtre Séléné, fille d'Antoine et de Cléopâtre, dernière trace vivante d'une Égypte disparue. Ensemble, ils formaient un couple d'exilés, de symboles, de peuples perdus. Il écrivait des traités, collectait des plantes rares, dessinait des constellations.

Mais parfois, seul, il s'approchait des falaises de l'Atlas, et il parlait au vent.

— Je suis le fils d'un roi mort. Le fils d'un empire volé. Je ne veux pas la vengeance. Je veux la mémoire.

Il n'avait pas la rage de Jugurtha, ni l'arrogance de Rome. Il était autre chose : la transmission.

Son fils, Ptolémée, fut roi après lui... brièvement. Puis Rome décida qu'il y avait assez de rois en Afrique.

Mais quelque chose était né, au fond de cette lignée mêlée de feu et de savoir, de désert et de marbre.

Quelque chose qui allait survivre, longtemps après que Rome ne soit plus que ruines.

Chapitre V : Le Feu sous la Cendre

Le dernier roi mourut sans couronne.

Ptolémée, fils de Juba II et de Cléopâtre Séléné, fut assassiné à Rome par l'empereur Caligula, qui craignait encore son sang mêlé — trop royal, trop ancien, trop libre.

Ainsi s'éteignit officiellement la dynastie des rois berbères, enfants de Massinissa. Les terres furent annexées. Les temples vidés. Les bibliothèques détruites ou emportées. Le silence retomba sur la Numidie et la Maurétanie. Mais la mémoire ne meurt pas si facilement.

Dans le désert, des femmes se souvenaient.

Dans les grottes, des hommes chuchotaient encore le nom de Jugurtha.

Et dans les montagnes, un vieil homme, à l'agonie, grava ces mots sur une tablette de pierre : "Le feu n'est pas mort. Il sommeille. Et un jour, il se lèvera dans les yeux de l'enfant du dernier messager." Des siècles passèrent. Des empires naquirent, tombèrent. Le monde changea. Mais au fond des lignées croisées, oubliées, effacées, un sang royal et ancien continua de couler.

Jusqu'à ce qu'un jour, dans un recoin du monde moderne, un homme aux yeux jaunes surgisse.

Il n'était pas roi. Il n'était pas prophète.

Il était Mo, le Gourou, et il portait dans son silence une rage oubliée, une mémoire brûlante, un rêve ancien.

Et de lui naquit un fils.

Un fils qui grandirait avec les récits des cavaliers du passé, les livres de Juba II, les chants de Sophonisba, les ruines des éléphants tombés, et la vision d'un monde à réunir.

Ce fils ne porterait pas seulement un nom : Il serait le feu rallumé. Le Juba de l'aube nouvelle. Le III.

Mais ceci est une autre histoire.

Chapitre VI : L'Héritier voilé

Elle s'appelait Hafida, et nul ne savait vraiment d'où elle venait. Certains disaient qu'elle descendait d'une vieille tribu de l'Atlas, d'autres qu'elle était apparue comme une ombre sur les routes, portant en elle une paix étrange, une gravité douce, et ce regard qu'ont les femmes qui ont conversé avec les anges.

Elle avait aimé Mo, le Gourou aux yeux jaunes. D'un amour pur, voilé, jamais consommé avant l'union sacrée. Ils s'étaient promis, puis séparés, car le destin les appelait ailleurs. Lui, vers les peuples à éveiller.

Elle, vers une retraite mystérieuse dictée par une voix intérieure.

Mais un jour, un enfant naquit. Hafida n'avait touché aucun homme. Elle ne savait d'où venait cette vie en elle. Dans la confusion des premières lunes, elle tenta d'oublier, puis de comprendre. Ce n'est que bien plus tard, au détour d'un hasard béni, qu'elle croisa Mo de nouveau, et que la lumière se fit dans son cœur.

— Voici ton fils, dit-elle.

— Je n'ai rien engendré, répondit-il.

— Et pourtant Dieu l'a caché pour toi. Il est ton héritier, fils de l'illustre, fruit d'un feu ancien.

Mo se figea. Dans les yeux du garçon, il vit une braise. Un éclat du désert. Une tension entre silence et foudre. Le regard des rois sans royaume. Des prophètes sans livre.

Il s'appelait Juba. Et dans son nom vibrait l'écho de ses pères :

Massinissa, l'unificateur.

Jugurtha, le rebelle trahi.

Juba Ier, le roi tombé avec honneur.

Juba II, le prince-savant en exil.

Lui serait le troisième.

Non par lignée officielle.

Mais par destin spirituel.

Il ne régnerait pas sur des terres, mais sur des cœurs.

Il ne lèverait pas une armée, mais un peuple éveillé.

Il ne chercherait pas vengeance, mais justice.

Et à travers lui, le feu des

anciens ne serait plus un souvenir.

Mais un chemin.

Chapitre VII : Le Prince en sa demeure

À flanc de colline, là où l'air se mêle à la mer, et où les oiseaux volent en silence au-dessus des oliviers, se dresse la Maison de Juba.

Ni tout à fait une kasbah, ni tout à fait un manoir moderne. Un sanctuaire mi-berbère, mi-futuriste. Les murs, enduits de terre rouge, portent encore les motifs tribaux de son peuple. Mais à l'intérieur, le confort tutoie les dieux : murs digitaux, lumière adaptative, bassins intérieurs chauffés, et un bureau dont le sol s'éclaire sous les pas.

Car Juba III n'était pas qu'un nom.

Il était l'héritier de Mo le Gourou aux yeux jaunes, et avec lui, il avait reçu des brevets, des licences, des comptes offshore, des secrets technologiques et des parts dans des start-up que le monde n'avait pas encore vues.

Le feu ancien avait trouvé un écrin moderne.

Dans son garage, les symboles de son pouvoir tournaient au ralenti :

Une Ferrari rouge comme le sang de ses ancêtres tombés. Une Porsche 911 noire, lisse

comme la nuit.
Un Z3 gris, discret, élégant, pour
les jours de pluie.
Une Lamborghini violette, pour
les virées d'insolence.
Et une Bugatti bleue, pur
blasphème mécanique contre la
lenteur du monde.
Il roulait. Il brûlait le bitume. Et
derrière lui, dans les sièges en
cuir, ses conquêtes riaient
comme des sirènes.
Danseuses. Reines en
mouvement. Corps divins et
regards de feu.
Chacune avait une grâce. Une
vérité. Un piège.
Mais son cœur n'appartenait à
aucune d'elles.
Il battait pour Leyna, jeune
professeure de patinage
artistique, fine comme une

épée, froide comme la glace qu'elle domptait, et brûlante d'un feu qu'elle ne montrait jamais. Elle n'aimait ni les voitures, ni l'ostentation. Mais elle aimait Juba, et Juba la respectait comme une promesse.

Et pourtant… il tournait encore. Dans les rues, à vive allure. Les femmes lui souriaient, les hommes le dévisageaient. On ne savait s'il était un rappeur, un prince du Golfe, ou un magicien du numérique. Il attirait l'envie, la rumeur, le désir, la haine. Les regards se faisaient lourds. Les langues se déliaient.

— Qui est ce type ?

— Il a tout, mais on ne sait rien de lui.

— On dit qu'il descend des rois d'Afrique.

— On dit qu'il est le fils d'un messie   caché…
Et dans l'ombre, certains décidèrent qu'il fallait l'arrêter.
Mais Juba, lui, roulait encore.
Sans savoir que bientôt, sa fortune serait testée. Que ses voitures ne le protégeraient pas.
Que même Leyna ne pourrait freiner   l'appel   du   feu.
Car l'Héritier n'était pas né pour rouler.
Il était né pour marcher sur les traces des anciens, et rallumer l'empire   invisible.

Chapitre VIII : Le Faux Héritier

La jalousie ne frappe jamais fort d'un coup. Elle murmure. Elle s'insinue. Et quand elle frappe enfin, c'est avec un masque d'héritier offensé et des gants de procédure.

Un membre discret de la famille de Mo le Gourou aux yeux jaunes, resté dans l'ombre depuis la disparition du maître, lança une enquête. Pas par haine. Mais parce qu'une question, simple et brutale, ne cessait de tourner dans sa tête : "Et s'il n'était pas vraiment le fils ?"

Il avait vu trop de luxe. Trop de bruit. Trop de lumière pour un

fils   d'ascète.
Alors il demanda à un notaire
secret, à un laboratoire discret,
de   vérifier   l'héritage.
Les résultats tombèrent comme
un   couperet.
Juba III n'était pas le fils
biologique   de   Mo.
Le choc fut immense. Le monde,
cruel.

Les papiers d'héritage furent
bloqués.
Les   comptes   gelés.
Les voitures reprises par les
banques.
La   maison   vidée.
Ses "amies" disparurent, une à
une, comme des ombres qui
n'aimaient   que   l'éclat.
Il ne lui resta rien.
Rien… sauf Leyna.
Elle était là, dans un petit studio

loué en bordure de ville, avec deux mugs de thé et un vieux plaid.

Elle le regarda dans les yeux et dit simplement :

— Tu n'es peut-être pas son fils, mais tu es toi. Et c'est pour ça que je suis là.

Il pleura. Pour la première fois. Sans honte.

Non pas de douleur. Mais parce qu'en tombant, il venait de retrouver sa vraie nature.

Et une question nouvelle s'imposa dans le silence : "Si je ne suis pas le fils de Mo... alors pourquoi ai-je ce feu en moi ?"

Dans un rêve cette nuit-là, un vieillard aux yeux jaunes lui apparut, assis sur un trône en ruines.

— Le sang ne fait pas tout. Le feu choisit où il brûle. Tu n'es pas mon fils de chair. Mais tu es mon héritier d'esprit. Le lendemain matin, Juba III se leva avec une mission. Il n'était plus l'enfant du Gourou. Il allait devenir son successeur.

Chapitre IX : Le Dernier Geste

Le feu ne s'éteint pas. Il se transmet.

Lorsque tout semblait perdu pour Juba, un silence ancien se brisa.

C'était la mère de Mo, la Matriarche, retirée depuis longtemps dans une demeure discrète, entre les figuiers et les souvenirs.

Elle ne s'était jamais entendue avec Hafida. Elle doutait. Elle s'était tue. Elle avait laissé le destin suivre son cours.

Mais face à la chute, face au rejet du clan, elle parla enfin.

— Ce garçon... je l'ai toujours su. Il n'est peut-être pas ton fils par le sang. Mais il est ton fils par miracle.

Elle fit appeler un notaire. Elle rédigea un document simple, mais sacré. Elle adopta Juba comme son petit-fils, et donc, comme le fils légitime de Mo.

Puis, dans la nuit, dans le calme, elle rendit son dernier souffle.

Le lendemain, les sœurs et

frères de Mo se réunirent. Ils lurent la lettre. Ils virent le regard de Juba. Et dans un moment de paix inattendue, ils déposèrent leurs droits.

— Il a plus de feu que nous tous. Que le nom vive en lui. Ainsi, Juba retrouva la fortune. L'héritage. Le nom. Mais quelque chose en lui avait changé.

Plus de villas, plus de Ferrari, plus de danseuses aux rires fugaces.

Il vendit tout. Fit don d'une partie à des œuvres discrètes. Et avec l'autre, il acheta une petite maison, en bois et pierre, au bord d'un lac invisible aux cartes.

Là, il proposa à Leyna, qui accepta sans mot. Ils vécurent simplement, entre les livres, les promenades et les silences.

Il jardinait. Elle patinait dans les patinoires abandonnées. Ils n'avaient besoin de rien.

Il vivait une vie simple dans un monde compliqué.

Chapitre X : L'Heure est Grave

Le monde était paisible.

Comme l'avait voulu Mo, le Gourou aux yeux jaunes.

Les guerres avaient cessé. Les empires s'étaient éteints. L'humanité s'était offert quelques années de répit, comme une respiration sacrée entre deux éternités de tumulte.

Juba III, l'héritier revenu à la simplicité, vivait sans ambition, sans bruit, dans sa maison au bord du lac, avec Leyna, son ancre, son abri.

Mais un matin d'hiver, un hélicoptère noir se posa à la lisière de la forêt.

Deux hommes descendirent. Costume sombre. Visages fermés.

— Juba. Le Président vous convoque. C'est urgent.

À l'Élysée, les couloirs semblaient plus froids qu'à l'accoutumée.

Le Président l'attendait, seul, dans un bureau où l'on avait tiré les rideaux.

Il ne parla pas tout de suite.

Il fixa Juba dans les yeux. Longuement. Comme s'il cherchait, non pas un allié, mais une force supérieure.

Puis il lâcha :

— L'heure est grave.

Il montra une carte.

Sur l'écran, l'Allemagne. Mais ce n'était plus la République fédérale paisible qu'on connaissait.

C'était une puissance technologique, militaire, cybernétique. Une fourmilière disciplinée et surarmée.

— Leur armée a triplé en cinq ans. En secret.

— Ils ont commencé à tester des drones autonomes, hypersoniques, en collaboration avec plusieurs nations de l'Est.

— Ils ont repris le contrôle de la dissuasion nucléaire européenne, par le biais d'accords industriels et juridiques.

Puis il désigna un point rouge sur la carte :

La Moselle.

— Ils réclament l'Alsace-Lorraine.

— Officiellement pour la mémoire.

— Mais en vérité... c'est pour les gisements d'hydrogène vert récemment découverts.

— Un réservoir colossal. Assez pour alimenter cent années de PIB mondial.

Le président marqua un silence.

— Ils n'ont plus peur du nucléaire français.

— Ils sont rationnels, froids, et convaincus de leur supériorité.

— Et cette fois… ils ne comptent pas perdre.

Il s'approcha.

— Mo t'avait légué bien plus que de l'argent, Juba.

— Il t'avait préparé pour ce moment.

— Tu n'es pas militaire. Tu n'es pas politicien.

— Mais tu es le seul à qui l'histoire obéit encore.

Juba ne répondit pas tout de suite.

Il pensa à Leyna. À la paix. À la forêt.

Puis il sentit en lui un frisson.

Un feu ancien. Celui de Massinissa, de Jugurtha, de Mo.

Chapitre XI : La Tournée des Popotes

Le président l'avait prévenu :

— Ce ne sera pas officiel. Ce ne sera pas public. Mais ce sera décisif.

Et ainsi, Juba III, désormais appelé dans les couloirs de l'Élysée « le fils de l'Illustre », embarqua dans un jet discret, sans drapeau, sans escorte, pour entamer la tournée des popotes.

Non pas pour saluer les troupes — mais pour rallier les esprits.

Premier arrêt : Rome.

Dans un palais gouvernemental caché derrière les fontaines baroques, le général Rossi les attendait.

— L'Italie est divisée, souffla-t-il. Nos industriels veulent vendre des pièces aux Allemands. Mais nos stratèges sentent venir le piège.

Juba prit la parole. Calme. Ferme.

— Ce que vous vendez aujourd'hui, ils vous le feront payer demain. L'histoire l'a déjà dit.

— L'Allemagne ne fait pas la guerre avec des slogans. Elle la fait avec des chiffres. Vous êtes un calcul dans leur équation.

Le vieux général hocha lentement la tête.

Deuxième arrêt : Bruxelles.

Dans une cave blindée sous un ancien monastère, les Français rencontrèrent les Belges, menés par le général Van Der Loo, et un ministre sceptique.

— Pourquoi faire confiance à un héritier mystique ? On parle de stratégie ici.

Juba sortit alors un ancien sceau, celui de Massinissa, transmis à travers les générations.

Puis il raconta comment l'Afrique avait déjà vu des empires tomber par excès de confiance.

— Je ne suis pas là pour faire la guerre. Je suis là pour éviter qu'elle vous dévore sans bruit.

Le ministre se tut. Le général acquiesça.

Troisième arrêt : Madrid.

L'Espagne était neutre, prudente, mais inquiète.

Dans une base discrète près de Tolède, la générale Inés Valverde écouta Juba parler du feu sous la cendre, des alliances fragiles, et des peuples oubliés.

Elle demanda une seule chose :

— Si tout dégénère... protègerez-vous les civils d'Europe comme vous avez protégé votre peuple ?

— Je ne suis pas un roi, dit Juba.

— Mais je n'abandonne jamais ceux qui croient encore en la paix.

Elle leva son poing.

— Alors nous sommes avec vous.

Quatrième arrêt : Londres.

La capitale britannique était sceptique, comme toujours. Les services secrets avaient tout lu sur Juba. Ses voitures, ses conquêtes, sa chute, sa résurrection.

Mais le général White, vieux vétéran des opérations spéciales, l'écouta sans ciller.

— Vous n'êtes pas Mo, dit-il.

— Non, répondit Juba. Mais je suis ce que le monde a laissé de lui.

White sourit.

— C'est déjà beaucoup.

Cinquième arrêt : Prague.

L'Europe de l'Est n'avait pas oublié les tanks et les pactes imposés.

Mais la Tchéquie était lucide : si l'Allemagne s'armait, ils seraient les premiers sur la ligne de front.

Juba les avertit :

— Ce n'est pas une guerre de chars. C'est une guerre d'énergie, de territoire, de mémoire.

— Si vous ne choisissez pas maintenant, vous serez choisis malgré vous.

Le ministre des armées signa le protocole d'alliance en silence.

Dernière étape : Varsovie.

En Pologne, l'ambiance était tendue. Les plaies de l'histoire étaient encore vives, et l'idée d'une Allemagne surarmée faisait frémir les généraux.

Mais Juba ne parla pas du passé.

Il parla du futur de leurs enfants.

— L'Allemagne veut redessiner la carte. Mais vous… êtes prêts à tenir la ligne.

— Je suis venu vous dire que vous ne serez pas seuls.

Un vieux général polonais versa une larme.

— L'Europe a besoin de vous, fils du désert.

À son retour en France, tous les dirigeants avaient donné leur accord tacite.

L'Europe ne parlerait pas encore à voix haute.

Mais elle commençait à écouter Juba III.

Chapitre XII : La Choura des Compagnons

Ils étaient venus des quatre coins du monde.

Des hommes et des femmes marqués par la lumière de Mo,

l'illustre Gourou aux yeux jaunes.

Ils avaient combattu à ses côtés, prié derrière lui, construit des routes, des refuges, des écoles.

Ils avaient gardé le feu. Et aujourd'hui, ils se retrouvaient, sans maître, pour décider du futur.

La Choura, l'assemblée des Compagnons, se tenait dans une ancienne médersa transformée en salle circulaire.

Ils n'étaient qu'une vingtaine, mais chacun représentait des milliers d'adeptes, éparpillés entre l'Inde, le Maghreb, l'Afrique de l'Est, l'Europe et le Caucase.

Au centre, un siège était resté vide.

Celui de Mo.

Un silence sacré enveloppait la pièce. Puis le doyen, Sayyed Amir, ancien moine converti à la voie du Gourou, prit la parole :

— Mo est parti. Et son fils, s'il en est un, est aujourd'hui à la croisée des mondes.

— Mais le Feu ne s'hérite pas. Il se reconnaît.

Des murmures. Des doutes. Certains rappelaient la chute de Juba. D'autres sa résurrection. Son humilité retrouvée. Sa fidélité à Leyna. Son refus de reprendre la voie facile de la gloire.

Puis un homme se leva.

Malik el-Fassi, compagnon des années syriennes de Mo.

— Il a tout perdu, et n'a pas trahi. Il a été humilié, et n'a pas levé la voix.

— Il vit simplement, dans un monde trop complexe.

— C'est exactement ce que Mo nous avait annoncé.

Une femme prit la parole à son tour.

Fatima Qureshi, ancienne guérisseuse de Cisjordanie :

— Et qui d'autre que lui pourrait rallier les cœurs des peuples libres ?

— Il ne ressemble pas à Mo. Il n'a pas ses yeux.

— Mais il a son souffle.

Le doyen se leva. Lentement.

— Alors votons.

Un à un, ils s'avancèrent.

Chacun déposa une pierre gravée de son nom dans un cercle de sable.

À l'unanimité, Juba fut reconnu comme héritier spirituel.

Pas pour ses origines.

Pas pour son sang.

Mais pour sa droiture face à la tentation.

Et la choura déclara :

— Que le Feu suive désormais ses pas.

— Nous lui ferons allégeance, s'il accepte de nous guider.

— Et s'il refuse, nous protégerons quand même son chemin.

À l'aube, un émissaire discret partit vers le lac, là où vivait Juba avec Leyna.

Il portait un simple message :

"Les cœurs t'attendent. Non comme un roi. Mais comme un phare."

Chapitre XIII : Le Phare ou l'Ombre

L'émissaire arriva à l'aube.

Il trouva Juba debout, face au lac, les pieds nus dans l'herbe mouillée, le regard perdu dans les brumes.

Leyna l'observait depuis le porche, en silence. Elle savait. Elle avait toujours su.

L'homme s'inclina, lui tendit le message.

Juba le lut. Une fois. Puis deux.

Il ferma les yeux.

— Ils veulent que je sois leur guide…

— Ils veulent que tu sois toi, murmura Leyna.

Le vent se leva, et avec lui, une mémoire ancienne.

Il se revit dans le désert, entre les ruines du palais de son père, sous la lumière dorée d'un soleil sans pardon.

Il se revit sous les regards froids des généraux européens.

Il se revit dans les bras de Leyna, brisé, sans nom, sans rien.

Et il comprit que le chemin ne menait ni à la gloire, ni au pouvoir.

Mais à la responsabilité.

Il entra dans sa modeste maison, prit une simple chemise, des sandales, une écharpe de lin, et une tablette de bois sur laquelle il grava en silence ces mots :

"Je ne suis pas un phare.

Mais si je peux vous éviter les rochers, alors j'irai."

Puis il sortit, s'approcha de l'émissaire, et lui dit :

— Dis-leur que j'accepte.

— Non comme roi, ni comme prophète.

— Mais comme le porteur du feu, tant que mes pas tiendront.

— Et s'ils veulent me suivre, qu'ils marchent.

— Mais s'ils m'attendent, qu'ils sachent : je ne m'arrêterai pas.

L'émissaire s'inclina.

Leyna s'approcha de lui.

Elle posa une main sur sa nuque.

— Tu vas sauver bien plus que tu ne crois, Juba.

Et il murmura, presque honteux :

— Je ne voulais que la paix.

— Alors offre-la au monde.

Chapitre XIV : Le Retour du Feu

Le messager revint au bout de trois jours et trois nuits, les traits tirés mais les yeux clairs.

Dans la salle ronde de la choura, les Compagnons l'attendaient. Pas un mot ne fut dit. Seul le feu d'encens crépitait.

Il tendit la tablette de bois.

Le doyen Sayyed Amir la lut à voix haute, le ton solennel :

"Je ne suis pas un phare.

Mais si je peux vous éviter les rochers, alors j'irai.

Je ne suis ni roi, ni prophète.

Mais je marcherai tant que mes pas tiendront."

— Juba III

Un long silence suivit. Puis un frisson invisible traversa la pièce.

Un à un, les Compagnons se levèrent.

C'était fait.

Le feu avait retrouvé un porteur.

Dans les heures qui suivirent, les lignes bougèrent.

Fatima Qureshi contacta les réseaux humanitaires et spirituels du Levant.

Malik el-Fassi rassembla les anciens combattants du

Khorasan et les lieutenants perdus de la route d'Inde.

Imam Rahman, depuis Alger, rouvrit les archives secrètes de Mo : les codes, les noms, les protocoles de sécurité spirituelle.

À Istanbul, à Lahore, à Ouarzazate, à Sarajevo, des cellules dormantes s'éveillèrent.

Pas pour la guerre.

Mais pour la vigilance.

Car ce n'était pas une croisade. Ce n'était pas un soulèvement.

C'était une préparation.

Préparer les esprits à se défendre sans haine.

Préparer les corps à se tenir sans peur.

Préparer les communautés à ne plus jamais être surprises.

Ils ne prononcèrent pas le nom de Juba comme celui d'un maître.

Mais comme celui d'un porteur de charge, d'un responsable devant Dieu et l'Histoire.

Et une phrase, transmise de génération en génération, fut remise à l'ordre du jour :

"Quand le fils du feu revient par l'humilité, le monde doit se tenir prêt à écouter."

Dans l'ombre, une nouvelle organisation naissait.

Le Conseil des Veilleurs, discret, décentralisé, ancré dans la mémoire de Mo, mais tourné vers l'avenir.

Ils ne prenaient pas les armes.

Ils veillaient.

Ils formaient.

Ils ouvraient les yeux du peuple.

Et tous attendaient un signe de Juba.

Pas une directive.

Mais une orientation.

Un premier discours, peut-être.

Ou une première visite sur un lieu de tension.

Chapitre XV : Le Discours de Jérusalem

Le vent soufflait sur l'Esplanade des Mosquées, entre la lumière dorée du Dôme du Rocher et les vieilles pierres murmurantes du Mur des Lamentations.

Juba III s'y tenait.

Simplement vêtu, sans écharpe de pouvoir, sans armée, sans titre.

Mais autour de lui, des milliers étaient venus.

Et dans les rues de la Vieille Ville, des dizaines de milliers écoutaient en silence.

Musulmans, chrétiens, juifs, soufis, agnostiques.

Hommes en turban, femmes en niqab, jeunes en jean et baskets.

Tous unis par une seule rumeur :

Le fils du feu va parler.

Il monta sur la petite estrade de pierre, face aux caméras discrètes, aux téléphones levés, aux regards humides.

Il ne leva pas la voix.

Mais le silence du monde entier s'inclina.

Et il parla.

"Je ne suis pas Mo."

"Je ne suis pas un messager. Je ne suis pas le roi d'un empire ni le sauveur d'un peuple."

"Je suis un homme.

Né dans l'ombre, tombé dans la lumière, revenu par le feu."

"Nous avons tous senti que quelque chose approche."

"Quelque chose de froid. De calculé. De mécanique. De rentable."

"Le danger aujourd'hui ne vient pas de l'épée,

mais du chiffre qui efface,

du progrès qui dévore,

de la puissance qui calcule et n'éprouve plus rien."

"Mais face à cela, je ne vous propose pas une guerre."

"Je vous propose une unité de conscience."

"Pas une révolte.

Mais une station debout.

Comme les justes dans les livres.

Comme les vivants dans les ruines."

"Ce lieu — Jérusalem —

ne m'appartient pas.

Mais il nous regarde. Il nous rappelle."

"C'est ici que les Prophètes ont pleuré.

C'est ici que des tyrans sont tombés.

C'est ici que l'Humanité se souvient."

"Alors je vous le demande :

Relevez les cœurs.

Raffermissez les rangs.

Formez les jeunes.

Aidez les pauvres.

Préparez les corps et les esprits.

Ne vous divisez plus."

"Car le Feu est revenu,

non pour détruire,

mais pour éclairer ceux qui veulent marcher."

"Et moi…

je marcherai.

Tant que mes pas tiendront."

"Et si un jour je tombe…

marchez sans moi."

Le silence fut brisé par les larmes.

Les poings se serrèrent. Les prières montèrent.

Et ce jour-là, dans Jérusalem, le monde comprit qu'un nouveau cycle avait commencé.

Les Compagnons pleurèrent.

Les adeptes se raffermirent.

Et les ennemis... froncèrent les sourcils.

Car ils comprirent que la guerre qu'ils préparaient aurait désormais un front invisible :

le front des consciences.

Chapitre XVI : Le Feu et la Glace

Il était rentré de Jérusalem allégé.

Non pas fatigué, non pas triomphant — mais en paix.

La maison, au bord du lac, n'avait pas bougé.

Les herbes dansaient. Les oiseaux chantaient encore comme au premier matin.

Et dans la lumière du soir, Leyna l'attendait.

Elle ne posa pas de question.

Elle lut dans ses yeux ce que le monde avait entendu :

il était prêt.

Il s'approcha d'elle. Lentement.

Pas comme un homme qui revient d'un voyage,

mais comme l'eau retourne à sa source.

Elle tendit la main,

il posa la sienne.

Et dans le silence du bois,

où seuls les murs témoins respiraient,

ils s'aimèrent.

Pas avec l'urgence des corps jeunes,

mais avec la densité des âmes liées.

Elle retira sa robe comme on offre un pardon.

Il la dévêtit comme on dévoile une vérité.

Et dans l'union, il n'y eut ni conquête, ni victoire,

seulement la reconnaissance.

Il l'embrassa lentement.

Comme on bénit un sanctuaire.

Ses mains tremblaient, non de désir brut,

mais de reconnaissance sacrée.

Elle posa sa tête contre sa poitrine,

et ils devinrent un feu lent.

Un feu calme.

Un feu vrai.

Ce soir-là, il n'y eut ni discours,

ni prophétie,

ni mission.

Il n'y eut que deux êtres humains,

au sommet de leur vérité,

scellant dans le secret de leur amour

une paix plus grande que les guerres à venir.

Chapitre XVII : Le Passage en Revue

Le matin suivant, le silence du lac laissa place au bruit des rotors.

L'hélicoptère présidentiel fendit les cieux, se posa près de la maison.

Juba embrassa Leyna, lui glissa quelques mots qu'elle ne répéta jamais.

Puis il monta à bord.

Dans l'appareil, le Président français l'attendait, cravate sobre, regard fatigué.

— Tu as réussi à rallier l'impossible, dit-il.

— Les croyants du monde entier, et les sceptiques d'Europe.

— Maintenant… viens voir ce que tu vas devoir protéger.

Ils atterrirent sur une base militaire secrète, en pleine campagne.

Un immense terrain, divisé par régions d'intervention : Europe, Afrique, Proche-Orient, Balkans, Arctique.

Là, les troupes des alliés étaient rassemblées.

Des détachements polonais au pas rigide, des tireurs d'élite espagnols, des blindés belges.

Des drones anglais, des troupes alpines françaises.

Même des agents spéciaux tchèques, invisibles dans les fougères.

C'était le noyau d'une armée d'alliance, construite dans le secret depuis la tournée de Juba.

Pas une armée pour envahir.

Mais une force prête à tenir, si l'Allemagne franchissait la ligne.

Les généraux se mirent au garde-à-vous.

Juba, en tenue simple mais impeccable, marcha lentement le long des rangs.

Son regard était calme, profond, et chaque soldat qu'il croisait baissait les yeux comme devant un roi silencieux.

Puis il s'arrêta.

Fit volte-face vers les troupes.

Et parla.

"Vous n'êtes pas là pour tuer.

Vous êtes là pour empêcher qu'on vous tue.

Vous êtes le dernier rempart de la paix,

Pas ses fossoyeurs."

"Je n'ai pas de grade.

Mais j'ai une mémoire.

Et cette mémoire me dit ceci :

Chaque fois que l'Europe s'est divisée,

des innocents ont payé le prix."

"Alors vous n'êtes pas là pour des drapeaux.

Vous êtes là pour les enfants qui dorment sans comprendre le bruit des avions.

Pour les vieux qui espèrent mourir dans leur lit.

Pour les femmes qui refusent de fuir encore une fois."

Il marqua une pause.

"Et moi…

je serai là.

Non pour vous commander.

Mais pour vous rappeler qui vous êtes."

Un silence pesant suivit.

Puis, des applaudissements sobres.

Puis des poings sur les cœurs.

Puis une unité invisible naquit.

Le Président s'approcha.

— Ils t'écoutent plus qu'ils n'ont jamais écouté un ministre de la Défense.

— Je ne suis pas ministre, répondit Juba.

— Tu es plus que ça, murmura le Président.

Mais loin de là, à Berlin, un homme regardait les images de

cette revue militaire sur un écran crypté.

Il écrasa lentement son cigare.

— Le feu s'est levé, dit-il.

— Qu'on prépare l'hiver.

Chapitre XVIII : Le Stratège et la Dernière Chance

Berlin. Ministère de la Défense, aile secrète.

Dans un bunker de verre et d'acier, à dix mètres sous terre, l'homme que les services appelaient "le Stratège" observait les écrans.

Nom de code : Kurt Eisenwald.

Ancien philosophe reconverti en maître de guerre.

Ne souriait jamais. Ne croyait ni au hasard, ni à la morale.

Pour lui, l'Histoire était une fonction mathématique à optimiser.

Il vit Juba saluer les troupes alliées.

Il vit les foules à Jérusalem.

Il vit la ferveur.

Et il comprit.

— Il n'est pas un chef d'État… mais il a fédéré plus que tous les gouvernements réunis.

— Ce feu-là est dangereux, car il n'a pas besoin d'armes pour mobiliser.

— Il faut l'éteindre avant que la braise ne devienne brasier.

Il se tourna vers ses officiers.

— Nous allons lancer la doctrine Gladius.

Une attaque cyber-coordonnée sur les communications des alliés.

Un sabotage discret des pipelines d'hydrogène vers la France.

Des campagnes d'intox dans les médias occidentaux pour salir la réputation de Juba.

— Et s'il résiste malgré tout…

Un éclair dans son regard.

— On passera à l'offensive réelle.

Paris. Palais présidentiel.

Les services interceptèrent des signaux.

Les mouvements de troupes allemandes s'intensifiaient à la frontière.

Les satellites voyaient des bunkers rouvrir. Des convois d'armement spécial.

Le président convoqua Juba dans la nuit.

Il le regarda droit dans les yeux.

— Il reste une seule option : une rencontre directe.

— Une mission de dernière chance.

— Berlin.

Juba hocha la tête.

— Je rencontrerai Eisenwald.

— Je n'ai pas peur de lui.

— Je veux voir jusqu'où va sa logique. Et s'il lui reste une once d'âme.

Berlin. Quartier sécurisé.

Leur rencontre dura quinze minutes.

Eisenwald le regarda comme un objet historique, une anomalie poétique dans un monde froid.

— Vous êtes un mythe utile pour ceux qui ont besoin d'illusions, dit-il.

— Mais le monde n'a plus besoin de feu sacré. Il a besoin de rentabilité, d'ordre, de redéfinition.

— Et vous comptez faire ça à coup de missiles ? répondit Juba.

— De missiles… et de silence. Car après la guerre, les survivants ne débattent pas. Ils obéissent.

Juba se leva.

— Alors vous avez déjà perdu.

— Parce que les peuples n'ont jamais tenu pour ceux qui parlent comme des machines.

— Et je ne suis pas un mythe. Je suis un signe.

Trois jours plus tard, l'Allemagne fit son mouvement.

Des drones traversèrent discrètement la frontière de Moselle.

Des sabotages éclatèrent dans des installations d'hydrogène.

Et une base française fut survolée en violation des traités.

Le Président français prit la parole ce soir-là, dans une adresse au peuple :

"La République française considère ces actes comme des agressions délibérées.

En accord avec ses alliés,

Elle déclare que l'Europe est entrée en état de guerre défensive contre l'agression de la République Fédérale Allemande."

La guerre venait d'être déclarée.

Chapitre XIX : Le Sommet du Dernier Pont

Genève. Palais des Nations Unies.

Le monde retint son souffle.

Les missiles étaient prêts. Les armées mobilisées.

Mais un miracle de dernière minute, une pression conjointe des États-Unis et de la Russie, avait arraché les deux camps à l'abîme.

Un sommet international exceptionnel venait d'être convoqué.

Les présidents des États-Unis, de la Fédération de Russie, de la France, et de l'Allemagne y assistaient.

Avec eux : les chefs de l'Union européenne, les représentants de l'ONU, les médiateurs du Vatican, d'Al-Azhar, et du Patriarcat de Moscou.

Et au centre, sans fonction officielle mais incontournable,

Juba III.

Dans la grande salle aux murs de pierre, sous les drapeaux du monde entier, le président américain prit la parole :

— Le conflit est énergétique, mais ce qui le sous-tend est historique.

— L'hydrogène ne doit pas être un motif de guerre, mais une opportunité de paix.

— Les États-Unis proposent donc une solution équitable,

fondée sur l'équilibre des mémoires et le respect des peuples.

Il dévoila alors le plan en cinq points.

• Création d'une Zone de Réconciliation Charlemagne, autour des territoires contestés d'Alsace-Lorraine, gérée par une Haute Autorité Culturelle et Énergétique Franco-Allemande.

• Exploitation des gisements d'hydrogène par un consortium international mené par les États-Unis, garantissant la sécurité, la transparence et la redistribution des bénéfices.

• 30 % des revenus fléchés vers un Fonds de Reconstruction Commune, consacré aux infrastructures, à la transition énergétique, à la jeunesse franco-allemande.

• Le siège de cette haute autorité serait installé à Aix-la-Chapelle, berceau de Charlemagne, figure commune à l'héritage des deux nations.

• Clause d'autodétermination différée :

Dans 99 ans, un référendum sous supervision onusienne permettra aux habitants d'Alsace-Lorraine de choisir leur avenir :

• Rejoindre la France

• Rejoindre l'Allemagne

• Ou devenir un État culturel et autonome neutre.

Les diplomates murmurèrent. Les médias sursautèrent.

Mais l'Allemagne restait figée.

Le chancelier se leva.

— L'Histoire nous a déjà trahis, dit-il.

— Nous ne voulons pas un symbole. Nous voulons ce qui nous revient.

Alors Juba s'avança.

Sans notes. Sans costume.

Mais avec ce regard que Mo lui avait laissé :

le feu calme.

— L'Alsace-Lorraine ne vous a jamais été volée.

Elle a été ballottée, blessée, tirée d'un côté et de l'autre, sans jamais être écoutée.

Elle ne vous appartient pas.

Ni à vous.

Ni à la France.

Elle veut exister pour elle-même.

— Aujourd'hui, vous ne récupérez pas un territoire.

Vous rendez à l'Histoire un honneur que la guerre ne pourra jamais offrir.

Il marqua une pause.

— Vous avez une occasion unique :

Non pas d'être les vainqueurs…

Mais les réconciliateurs.

— Et ça… la postérité ne l'oubliera jamais.

Un silence glacial tomba.

Puis les regards se croisèrent.

Et lentement… le chancelier allemand hocha la tête.

— Soit.

Si l'Histoire nous tend la main… nous ne la repousserons pas.

À l'extérieur, le monde explosa de soulagement.

Les foules chantèrent à Strasbourg, Berlin, Paris, Alger, Jérusalem.

La guerre était évitée.

Un nouveau pacte venait de naître.

Et le feu, cette fois, n'avait pas brûlé... il avait éclairé.

Chapitre XX : Les Héritiers Cachés

Le monde venait de retrouver une paix fragile mais vraie. Juba III, l'Héritier du Feu, était retourné à son lac, avec Leyna. Sa mission semblait accomplie. Du moins, c'est ce qu'il pensait.

Jusqu'à ce qu'un matin, on frappe discrètement à sa porte.

Un vieil homme, le visage ridé comme l'écorce d'un vieil olivier, se tenait là. Juba l'invita à s'asseoir, intrigué.

— Juba, fils adoptif de Mo, dit-il calmement, je suis le gardien des vérités que le monde ignore.

Et il est temps pour toi de connaître celles qui t'ont été cachées.

Le vieil homme posa devant lui deux photographies usées.

Sur la première, un homme au visage serein, cheveux bouclés par le sel marin, yeux clairs comme l'océan.

— Voici Mo II, l'Héritier de l'Eau. Fils caché de Mo et de Naima, né dans le secret absolu et élevé à Salvador de Bahia, au Brésil. Navigateur hors pair, maître de la Capoeira dans sa jeunesse, il parcourt les mers sans jamais revenir à terre. Il ignore encore tout de toi.

Sur la seconde photographie, un homme élégant, vêtu d'un

costume impeccable, regard perçant et déterminé.

— Et voici Abdullah, l'Héritier du Bois, second fils caché de Mo et Naima. Élevé à Hong Kong, dans le tumulte du cinéma hongkongais, entre kung-fu, traditions anciennes, affaires immobilières florissantes, et le monde secret des triades. Lui non plus ne sait rien de toi.

Juba resta figé, incapable de prononcer un mot.

— Pourquoi Mo nous a-t-il cachés les uns des autres ? demanda-t-il enfin.

— Parce que chacun d'entre vous porte un héritage nécessaire, répondit le vieil homme. Le Feu éclaire et rassemble. L'Eau relie et purifie.

Le Bois construit et protège. Mo savait que le monde aurait besoin de chacun de vous, à sa façon, en son temps.

Il sourit doucement.

— Mais ton temps à toi vient seulement de commencer. Les routes de tes frères finiront par croiser la tienne. Quand cela arrivera, souviens-toi de ceci :

« Trois héritiers, trois forces. Ensemble, ils sont l'équilibre du monde. Séparés, ils ne sont que fragments. »

Le vieil homme se leva lentement.

— Maintenant, fais ce que tu veux de cette vérité. Tu as déjà sauvé ce monde une fois. Peut-être qu'un jour, il faudra le sauver de nouveau.

Il quitta la maison sans un autre mot.

Juba sortit au bord du lac. Leyna, qui avait entendu la conversation, s'approcha doucement.

— Que vas-tu faire ? lui demanda-t-elle.

Il regarda l'horizon, souriant faiblement.

— Je vais attendre. Attendre que l'Eau et le Bois viennent au Feu. Nous verrons alors si le monde nous appellera encore.

Il prit doucement sa main, fixant l'eau tranquille du lac. Et dans son cœur, il sut que l'histoire n'était pas finie.

Elle ne faisait que commencer.